MAÎTRES DES DRAGONS

LE SOUFFLE DU DRAGON DE LA GLACE

TRACEY WEST

ILLUSTRATIONS DE

NINA DE POLONIA

TEXTE FRANÇAIS DE

MARIE-CAROLE DAIGLE

Éditions
■SCHOLASTIC

JE DÉDIE CE LIVRE À KYLE,

qui est aussi fort que n'importe quel dragon que j'aurais pu imaginer. — T. W.

Catalogage avant publication de Bibliothèque et Archives Canada

West, Tracey, 1965-
[Chill of the ice dragon. Français]
Le souffle du dragon de la glace / Tracey West ; illustrations de Nina de Polonia ;
texte français de Marie-Carole Daigle.

(Maîtres des dragons ; 9)
Traduction de: Chill of the ice dragon.
ISBN 978-1-4431-6584-6 (couverture souple)

I. De Polonia, Nina, illustrateur II. Titre. III. Titre: Chill of the ice dragon. Français.
IV. Collection: West, Tracey, 1965- . Maîtres des dragons ; 9.

PZ23.W459So 2018   j813'.54   C2017-907887-9

Édition publiée par les Éditions Scholastic,
604, rue King Ouest, Toronto (Ontario) M5V 1E1

5 4 3 2 1   Imprimé au Canada 121   18 19 20 21 22

Illustrations de Nina de Polonia

Conception graphique de Jessica Meltzer

MIXTE
Papier issu de
sources responsables
FSC® C004071

TABLE DES MATIÈRES

MINA, LA FILLE DES TERRES DU GRAND NORD

oann est muet d'étonnement. Un des gardes du roi vient d'emmener une jeune fille près des cavernes des dragons. Bo, Anna et Pétra, les autres maîtres des dragons, la regardent, bouche bée. Tout comme Jérôme, le magicien.

— Je suis Mina, dit la fille. Et j'ai besoin de votre aide.

Au début, personne ne dit mot. Ils sont encore bouleversés par une nouvelle qu'ils viennent d'apprendre. Rori s'est enfuie avec Vulcain, son dragon du Feu!

Tellement de choses se sont produites depuis la veille, lorsqu'une femme, nommée Kiko, a attaqué le château avec son dragon du Tonnerre, Néru. Kiko et son dragon ont été faits prisonniers. Le roi Roland a alors exigé que Jérôme expulse Kiko du royaume. Il voulait cependant garder son dragon, Néru.

Rori trouvait vraiment injuste de priver Kiko de son dragon. Elle a donc aidé Kiko et Néru à s'échapper. Et elle les a suivis, en compagnie de son dragon, Vulcain.

C'est alors que Mina est arrivée.

— Bon, eh bien... je vous laisse, dit le garde en toussotant.

Tout le monde dévisage Mina. Elle a de longs cheveux blonds et porte une tunique brune et des bottes garnies de fourrure. Une hache est glissée dans son ceinturon. La pierre verte très brillante qui est suspendue à son cou est tout à fait semblable à celle que portent les autres maîtres des dragons.

— Serait-ce une pierre du dragon que tu portes à ton cou? demande Yoann.

— Oui, répond-elle. Je viens des Terres du Grand Nord. Je fais mon apprentissage de maître de dragon à la forteresse du roi Lars et de la reine Sigrid.

— Tu es donc une élève de Hulda la magicienne, dit Jérôme. Elle a d'immenses pouvoirs.

— Tout à fait. Mais ses pouvoirs ne sont pas assez grands pour stopper le géant des Glaces.

— Le géant des Glaces? répète Pétra en écarquillant les yeux.

— Il s'appelle Goliath, répond Mina. Il y a très longtemps, il s'est servi de ses pouvoirs pour attaquer notre royaume. Nous avions un autre roi, à l'époque. Le magicien du roi a alors jeté un sort à Goliath : il l'a emprisonné dans un tombeau de glace. Quand Goliath s'est réveillé, il a voulu se venger.

— Pourquoi le géant s'attaquerait-il à *votre* roi? demande Anna. Ce n'est pas lui qui l'a emprisonné dans la glace.

Mina lève ses yeux bleu acier et les regarde d'un air grave.

— Goliath est un être plein de colère. Il s'est servi de ses pouvoirs pour figer toute la forteresse dans la glace, ainsi que tous ceux qui se trouvent à l'intérieur.

— Hulda n'a pas pu l'arrêter? demande Jérôme.

— Elle a essayé, répond Mina en hochant la tête. Mais ses pouvoirs sont bien moins puissants que ceux du géant des Glaces. J'ai essayé moi aussi de l'arrêter, à l'aide de Givre, mon dragon de la Glace. Mais ses pouvoirs n'ont aucun effet sur lui. J'ai réussi à m'échapper, mais pas Givre, termine-t-elle avec une note de tristesse dans la voix.

— Comment pouvons-nous t'aider? demande Bo.

— Un jour, Hulda m'a permis de vous observer dans sa boule de cristal, répond Mina. J'ai vu votre dragon du Feu. Selon la légende, seul un dragon du Feu peut vaincre un géant des Glaces.

Un dragon du Feu? s'inquiète Yoann en regardant les autres.

— J'ai une mauvaise nouvelle, Mina, annonce le garçon. Nous n'avons plus de dragon du Feu. Sa maîtresse s'est enfuie en l'emmenant avec elle!

À LA RECHERCHE
DE RORI

Mina est stupéfaite.

— Comment ça, «elle s'est enfuie»? Depuis quand un maître des dragons quitte-t-il son magicien?

— Elle s'appelle Rori, explique Yoann. Et, euh... disons qu'elle n'aime pas tellement qu'on lui donne des ordres.

— Savez-vous où elle est allée? demande Mina

en croisant les bras sur sa poitrine.

— Elle s'est enfuie avec Kiko et son dragon du Tonnerre, qui a un pouvoir spécial. Kiko est très puissante, répond Jérôme. Son dragon peut créer des couloirs magiques grâce auxquels Kiko peut se déplacer très rapidement. Rori et Vulcain peuvent donc se trouver n'importe où.

— Vous n'irez pas à leur recherche? demande Mina.

— Nous allions justement en parler, répond Jérôme. Notre roi sera furieux lorsqu'il apprendra qu'il a perdu deux dragons et un de ses maîtres des dragons.

— C'est certain! Partons à leur recherche, alors! s'exclame Mina.

— Ce ne sera pas si facile, se désole Jérôme. Nous avons déjà essayé d'utiliser nos pouvoirs magiques pour retrouver Kiko par le passé, et ça n'a rien donné.

— Si vous ne pouvez pas m'aider, je trouverai

une autre façon de secourir mon peuple, répond
Mina en se pressant vers la sortie, l'air renfrogné.

Soudain, Yoann a une idée.

— Mina, attends! crie-t-il. Je pense savoir où
les trouver.

Tout le monde regarde Yoann avec curiosité.

— Le tonnerre a grondé près de nous quand
Diego, Carlos et moi étions à la recherche de Kiko,
sur une île. Kiko se servait sans doute de Néru
pour nous éloigner. Nous devrions aller explorer
cette île.

— Excellente idée, Yoann! commente Jérôme.
Anna, pars avec Hélia et fais-toi accompagner

par Yoann et Lombric. Tu es la meilleure amie
de Rori; elle t'écoutera peut-être.

— D'accord! dit Anna en partant au pas de
course pour préparer son dragon du Soleil.

— Pétra et Bo resteront ici avec Mina et moi,
dit Jérôme. Nous ferons quelques recherches sur
les géants des Glaces.

— Je me rends sur l'île, moi aussi, dit Mina.
Ce dragon du Feu est probablement notre seul
espoir.

— Si tu y tiens, acquiesce Jérôme.

— Comment peut-on se rendre là-bas?
demande Mina à Yoann.

— Il suffit de poser la main sur Lombric,
répond-il en posant la main sur son énorme
dragon brun.

Anna et Hélia sortent d'une caverne. Mina
pose une main sur Lombric. Anna fait de même
et pose l'autre sur Hélia.

— Bonne chance! leur souhaite Bo.

— Lombric, transporte-nous vers l'île sur laquelle nous étions l'autre jour, dit Yoann.

Tout le corps du dragon se met à scintiller. Une vive lumière verte remplit la pièce et devient de plus en plus intense.

Puis Lombric et tous ceux qui le touchent disparaissent.

À L'ATTAQUE!

Accompagnés de Lombric et d'Hélia, les maîtres des dragons se retrouvent sur une île à la végétation abondante. Tous les arbres ont un tronc mince et élancé.

— C'est Lombric qui nous a transportés jusqu'ici? demande Mina, les yeux écarquillés. Il est immense. De quel type de dragon s'agit-il?

— C'est un dragon de la Terre, répond Yoann en souriant. La force de sa pensée est étonnante.

Ils entendent alors un grand bruit.

Boum!

— On dirait le dragon du Tonnerre de Kiko, s'exclame Anna. Ça vient de ce côté!

Anna saute sur Hélia et fonce en direction du bruit. Yoann et Mina la suivent en zigzaguant entre les arbres. Lombric rampe à toute allure derrière eux.

Ils parviennent rapidement devant un petit groupement de maisonnettes en branchages, couvertes de longues feuilles et entourées d'un halo d'énergie violette.

— C'est sûrement l'œuvre de Néru! s'écrie Yoann.

— Hélia, crois-tu que ton rayon de soleil le plus intense peut traverser ce champ d'énergie? demande Anna.

Un vif rayon de soleil surgit de la gueule d'Hélia. Il frappe le halo d'énergie, qui commence à faiblir.

Pouf! Le halo disparaît. Hélia s'élance vers les maisonnettes.

Boum! Un dragon à la carapace violette apparaît de l'arrière d'une maison. Une femme aux cheveux noirs le chevauche.

— Kiko! crie Yoann. Ce n'est pas toi que nous

voulons voir! Nous sommes venus parler à Rori.

Sur ce, une jeune fille aux cheveux roux juchée sur un immense dragon rouge surgit de l'arrière d'une autre maison.

— Rori! s'exclame Anna, tout heureuse.

— Rori n'a rien à vous dire, réplique Kiko.

— Kiko, ce sont mes amis. On peut au moins discuter! dit Rori, une lueur d'impatience dans les yeux.

— On ne peut pas leur faire confiance, Rori! l'avertit Kiko. Néru, à l'attaque!

Néru commence à émettre une énergie lumineuse. Mais avant que le dragon à la carapace violette ne passe à l'attaque, des faisceaux de lumière verte jaillissent des yeux de Lombric! Ils frappent Néru de plein fouet, le projetant vers l'arrière.

Oh! Lombric n'a jamais fait cela! se dit Yoann.

Kiko est éjectée de sa monture.

— Rori, demande à Vulcain d'attaquer ce dragon! crie-t-elle en se relevant.

Toute la carapace de Lombric brille d'un vert étincelant. Cette lumière s'approche de Néru et l'encercle, comme pour l'emprisonner.

— Ils s'en prennent à Néru! crie Kiko. Tu vois bien qu'on ne peut pas leur faire confiance, Rori.

— Ce que fait Lombric est inoffensif! crie Yoann. Mais toi, tu nous as attaqués sans raison! Tu vois, Rori? C'est Kiko qui ne mérite pas ta confiance!

— Ne les écoute pas, Rori, réplique Kiko. Ils essaient de te monter contre moi. Je t'ai dit d'attaquer!

LA DÉCISION DE RORI

Rori regarde Kiko d'un air furieux, les mains sur les hanches.

— Es-tu en train de me dire quoi faire, comme Jérôme? demande-t-elle.

— Je n'ai rien en commun avec ce vieux magicien, rétorque Kiko d'un ton colérique, tournant aussitôt le dos à Rori.

Anna en profite pour se précipiter vers Rori et la serrer dans ses bras.

— Je t'en prie, Rori, reviens! la supplie-t-elle. Vulcain et toi devez nous aider à sauver le royaume de Mina.

— Qui est cette Mina? demande Rori, tout en remarquant au même instant la présence de la nouvelle venue. Jérôme m'a-t-il déjà remplacée?

— Je suis Mina. Je viens des Terres du Grand Nord. Je me suis rendue au royaume des Fougères parce que mon peuple a besoin de l'aide d'un dragon du Feu.

— Et *pourquoi* vous faut-il l'aide de Vulcain? demande Rori. Est-ce un piège pour me convaincre de revenir?

— Ce n'est pas un piège, répond Mina. Un géant des Glaces appelé Goliath a figé notre forteresse et tous ses habitants dans la glace. Seul un dragon du Feu peut défaire ce sortilège.

Le front plissé, Rori réfléchit.

— C'est à toi de décider, Rori, et à personne d'autre, la rassure Anna.

Rori hoche la tête et se retourne vers Kiko.

— Je vais accompagner mes amis, dit-elle. Mais je reviendrai.

Kiko regarde Rori droit dans les yeux, mais ne dit rien.

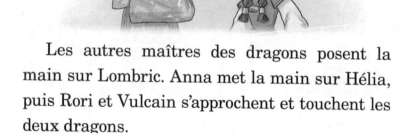

Les autres maîtres des dragons posent la main sur Lombric. Anna met la main sur Hélia, puis Rori et Vulcain s'approchent et touchent les deux dragons.

Lombric relâche ensuite son emprise sur Néru.

Le dragon ramène rapidement tout le monde dans la salle d'exercice du château du roi Roland.

Bo et Pétra sortent de la classe en courant vers eux.

— Tu es revenue! s'exclame Bo, ravi.

— Pas pour longtemps, répond Rori. C'est seulement pour aider cette fille.

— Mina, des Terres du Grand Nord, précise Mina.

— Ouais, ouais, j'ai compris, réplique Rori en levant les yeux au ciel.

— Je suis contente de te voir aussi, Vulcain, dit Pétra tout en tapotant le cou du dragon.

Jérôme s'avance vers eux en souriant.

Rori lève une main en l'air.

— Ne vous faites pas d'idées, dit-elle. Je ne fais que passer.

— J'espère que tu resteras, Rori. Je sais que j'ai parfois été plus dur avec toi qu'avec les autres. Mais c'est parce que je sais que tu as les qualités pour faire partie des meilleurs maîtres des dragons de tous les temps.

— Ouais, euh… En tout cas, merci, dit Rori, surprise. Mais je rejoindrai quand même Kiko dès que j'aurai terminé ce pour quoi je suis venue.

Mina s'approche et se plante entre Jérôme et Rori.

— Désolée d'interrompre votre petite scène, dit-elle en s'adressant à Rori, mais nous avons un royaume à sauver. Est-ce que tu vas m'aider, oui ou non?

L'HEURE EST À LA STRATÉGIE

Il n'en faut pas davantage pour que Rori se fâche.

— J'ai dit que j'allais aider à combattre Goliath, rétorque Rori. Est-ce que, *toi aussi,* tu vas te mettre à me donner des ordres, Mina?

— En tout cas, Goliath va se sauver à toutes pattes, plaisante Bo, pour détendre un peu l'atmosphère.

Les filles le regardent sans rire.

— Aucun risque, répond Mina. C'est un vrai démon. Un être froid et sans cœur.

— Vulcain n'aura aucun problème à faire fondre la glace, la rassure Rori. Il a de puissants pouvoirs.

— Goliath aussi, réplique Mina en la regardant droit dans les yeux.

Jérôme demande aux maîtres des dragons de passer dans la classe.

— Nous allons t'aider, Mina. Mais il nous faut d'abord une stratégie.

Jérôme leur montre une grande carte géographique étalée sur la table.

— Pétra a trouvé cette carte des Terres du
Grand Nord, dit le magicien. Mina, peux-tu nous
montrer où se trouve la forteresse?

Mina examine la carte.

— Ici, dit-elle, en désignant un coin de la carte.

— Ton royaume est vraiment loin d'ici!
s'exclame Bo, très étonné. Comment as-tu fait
pour venir jusqu'ici sans ton dragon?

— J'ai marché, dit Mina. À quelques occasions,
j'ai pu sauter dans un train qui passait. Et j'ai fait
une traversée en bateau. Il m'a fallu énormément
de temps.

Yoann regarde les bottes de Mina. Elles sont
pleines de boue.

C'est une fille courageuse, se dit-il. *Une dure à
cuire. Je me demande si j'aurais pu parcourir une*

telle distance tout seul.

—Lombric peut nous aider à retourner rapidement dans ton royaume, propose Yoann.

—Super! Car le temps presse, répond Mina.

—Nous devrions emmener nos dragons, propose Anna à Mina. Ils pourront faire équipe

avec Vulcain. Shu a le pouvoir de l'eau. Zéra, l'hydre à quatre têtes, a le pouvoir du poison. Et tu as pu voir ce dont Hélia est capable.

—Ce sera quand même Vulcain qui devra

faire fondre le géant des Glaces, n'est-ce pas? interrompt Rori, les yeux brillants d'excitation.

— Oui, répond Mina. J'espère seulement que ton dragon est aussi fort que tu le dis.

— Je peux te le prouver, répond Rori. Descendons aux cavernes. Je vais demander à Vulcain de faire une boule de feu si grosse que...

— Rori! l'interrompt Jérôme avant de continuer sur un ton plus conciliant. Tu as raison : c'est une bonne idée de profiter de la journée pour faire un entraînement. Mais faisons-le de la bonne façon. Emmenons les dragons dehors, dans la vallée des Nuages.

Rori se rue vers les cavernes. Puis elle arrête sa course et s'adresse à Mina.

— Viens! Je vais te montrer ce que Vulcain peut faire!

AVANT LE COMBAT

Quelques instants plus tard, ils sont tous dehors, dans la vallée des Nuages. Cette vaste prairie verte cachée derrière le château est bordée par les montagnes d'un côté et par la forêt, de l'autre.

Il n'y a pas de meilleur endroit pour entraîner les dragons.

— Vulcain, boule de feu! s'écrie Rori.

Vulcain s'élance au-dessus de la vallée. De puissants jets de flammes jaillissent de sa gueule et se propagent ensuite dans le ciel bleu.

Plus loin, dans le ciel, Anna et son dragon blanc, Hélia, filent d'un bout à l'autre de la vallée dans un jet de lumière.

Un peu plus bas, le dragon de l'Eau de Bo, Shu, envoie de grandes gerbes d'eau sur les buissons. Ceux-ci se redressent sous l'effet bienfaisant de cet arrosage.

Pétra s'entraîne avec son dragon du Poison, Zéra. L'hydre crache une bruine empoisonnée sur des rochers en flanc de montagne. Les rochers se dissolvent lentement sous l'effet du poison!

Yoann invite Jérôme à s'approcher de Lombric.

— Quand nous étions sur l'île, Lombric a utilisé un pouvoir que je ne lui connaissais pas, explique-t-il au magicien. Il a fait jaillir des faisceaux d'énergie de ses yeux. Néru en est tombé par terre!

— Très intéressant! commente Jérôme.

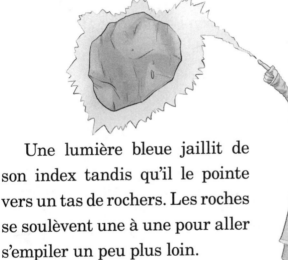

Une lumière bleue jaillit de son index tandis qu'il le pointe vers un tas de rochers. Les roches se soulèvent une à une pour aller s'empiler un peu plus loin.

— Lombric, peux-tu me montrer ce que tu as fait? demande Jérôme.

Le dragon acquiesce. Ses yeux projettent des faisceaux d'énergie verte. *Boum!* L'amoncellement de pierres s'effondre.

— Excellent! se réjouit Jérôme.

— Ce n'est guère impressionnant, déclare Rori en s'approchant avec Vulcain. Vulcain pourrait faire s'écrouler une tour de pierres beaucoup plus grosses, s'il le voulait! lance-t-elle.

Lorsque les maîtres des dragons ont fini leur entraînement, Jérôme les appelle.

— La nuit va bientôt tomber, dit-il. Allons manger. Nous partirons demain matin vers les Terres du Grand Nord.

— Pourquoi attendre? s'impatiente Mina en tapant nerveusement du pied.

— Si ce Goliath est aussi fort que tu le dis, nous devons tous être en forme pour l'affronter, réplique Jérôme avant de tourner les talons.

—Je pense que je comprends pourquoi tu n'arrives pas à t'entendre avec ce magicien, dit Mina à Rori en secouant la tête.

— Ouais, Jérôme est toujours en train de

donner des ordres, maugrée Rori.

Les maîtres des dragons se dirigent vers le château. Yoann rattrape Rori pour marcher à ses côtés.

— Je suis content que tu sois revenue, dit-il.

— Ouais, répond Rori en haussant les épaules.

— Je sais que ce n'est pas pour de bon, dit Yoann. Mais j'espère quand même que tu resteras. Nous souhaitons tous que tu reviennes parmi nous. Et je suis désolé si je t'ai blessée, avant que tu partes.

Rori s'arrête pour bien regarder Yoann.

— Merci, répond-elle avec un demi-sourire.

Et elle repart au pas de course pour rejoindre Anna.

Après avoir ramené les dragons dans leurs cavernes, les maîtres des dragons se retrouvent dans la salle à manger.

Yoann n'en revient pas de voir à quel point Mina a de l'appétit. Elle mange presque un poulet à elle toute seule, sans oublier des pommes de terre, des carottes, du pain et du fromage.

Son long voyage lui a sûrement creusé l'appétit, se dit-il. *Pourtant, elle ne s'est pas plainte une seule fois!*

Il comprend alors quelque chose d'important. Mina a beau être une dure à cuire, elle n'a pas réussi à combattre Goliath, même avec l'aide de son dragon et de sa magicienne.

Ça doit être un sacré géant des Glaces! se dit Yoann.

DANS LA FORTERESSE DE GLACE

Le lendemain matin, Jérôme réunit les maîtres des dragons devant les cavernes. Il remet à chacun un épais manteau de fourrure.

— J'ai utilisé la magie pour les fabriquer, dit-il. Il fait froid dans les Terres du Grand Nord. Vous aurez besoin de bien vous couvrir.

Les maîtres des dragons installent ensuite les selles sur leurs dragons.

Chacun pose une main sur Lombric. Rori, Bo, Anna et Pétra gardent aussi l'autre main sur leur dragon.

— Je dois rester ici pour surveiller le château, dit Jérôme. Soyez forts. Restez unis et vous réussirez.

— Entendu! promet Yoann. Lombric, emmène-nous à la forteresse de Mina, dans les Terres du Grand Nord!

Yoann a un peu mal au cœur pendant le voyage. Soudain, un vent froid lui fouette le visage.

Ils sont arrivés dans les Terres du Grand Nord. Il y a de la neige à perte de vue.

Devant eux se dresse une forteresse étincelante. On dirait qu'elle est faite de glace!

Rori, Bo, Anna et Pétra sautent sur leurs dragons.

— La forteresse est ensevelie sous la glace, explique Mina. On doit la faire fondre pour pouvoir y entrer.

Pétra frissonne.

— Il fait froid ici! dit-elle en plaquant les bras contre sa poitrine.

— Ne t'en fais pas, la rassure Rori, Vulcain va bientôt réchauffer l'atmosphère. Vulcain, emmène-nous dans la forteresse!

Le dragon se rend d'un pas lourd jusqu'à la porte de la forteresse. *Huitsch!* Il crache une boule de feu.

La glace fond, laissant apparaître la lourde porte en bois. Les flammes crachées par Vulcain ont même brûlé une partie de la porte, dans laquelle il y a maintenant un gros trou!

— Tu vois comme ce n'est pas compliqué! se vante Rori en regardant Mina avec un petit sourire. Vulcain et moi, on en fait notre affaire, de ton géant des Glaces!

D'un coup de tête, le dragon du Feu ouvre la porte et les autres le suivent à l'intérieur.

Ils se retrouvent dans un immense hall. Yoann regarde autour de lui et n'en croit pas ses yeux. Il y a des gens dans la pièce, mais tout le monde est figé dans la glace! Même le roi et la reine, assis sur leur trône.

Une magicienne est gelée en pleine action, un bras dans les airs comme si elle s'apprêtait à jeter un sort.

Les maîtres des dragons descendent de leurs dragons et font le tour du hall en regardant tous ces gens prisonniers de la glace.

— Où est le géant des Glaces? demande Bo.

— Je ne le vois pas, répond Mina.

— Parfait! Alors on va faire fondre tous ces blocs de glace et partir d'ici, dit Rori. Vulcain...

— Non! s'exclame Mina. On ne peut pas dégeler ces gens avec des flammes. On risquerait de les brûler, comme la porte.

Rori fronce les sourcils.

— Peut-être qu'un rayon de soleil d'Hélia pourrait faire fondre la glace en douceur, propose Anna.

— Bonne idée, dit Mina. Essayons. S'il te plaît, libère d'abord Hulda, ajoute-t-elle en montrant la magicienne du doigt. Nous aurons peut-être besoin d'elle pour affronter Goliath.

Hélia vole vers Hulda et projette un rayon de soleil sur le bloc de glace qui la garde prisonnière. La glace commence à fondre lentement.

Yoann regarde Mina.

— C'est trop tranquille, dit celle-ci en faisant le tour du hall des yeux. Goliath trame sûrement quelque chose…

— Il est peut-être parti, spécule Yoann.

Boum!

Un dragon dévale le grand escalier qui descend vers le milieu du hall. Sa carapace étincelante a des reflets bleuâtres, *comme une mince couche de glace sur un étang,* se dit Yoann.

— Givre! s'écrie Mina.

LE SOUFFLE GLACIAL DE GIVRE

Mais Givre ne se préoccupe même pas de Mina. Le dragon de la Glace ouvre la gueule et s'apprête à envoyer un souffle d'air glacial et scintillant vers Rori et Vulcain.

— Vulcain, arrête-le! s'écrie Rori.

Le dragon du Feu fonce vers Givre, prêt à cracher une boule de feu dans sa direction.

Mais le souffle de Givre atteint Vulcain en premier et celui-ci se retrouve prisonnier d'un bloc de glace!

— Mais qu'as-tu fait, Givre? demande Mina. Pourquoi ne m'obéis-tu plus?

Le dragon tourne rapidement la tête pour la regarder. Yoann remarque qu'un morceau de cristal suspendu à son cou émet une étrange lumière bleu ciel.

Mina le voit aussi.

— Ce cristal renferme les pouvoirs de Goliath,

dit-elle aux autres. Goliath peut faire faire ce qu'il veut à Givre!

— Il faut lui enlever ce cristal, dit Bo. Shu, souffle fort dessus pour le faire tomber.

Le dragon de Bo crache un puissant jet d'eau en direction de Givre, mais le dragon de la Glace l'intercepte avec son souffle glacial. Le jet d'eau se transforme en glace et vient se fracasser sur le sol en mille morceaux, comme du verre.

Huitsch! Givre projette à nouveau son souffle glacial vers Shu et l'emprisonne dans un bloc de glace.

— Shu, non! crie Bo.

— Reculez, tout le monde, dit Pétra en s'avançant. Zéra, crache un jet de poison et fais fondre ce cristal!

L'hydre dirige ses quatre têtes vers Givre pour lui envoyer de chacune de ses gueules un nuage empoisonné.

De son puissant souffle glacé, Givre fait geler ce nuage. Les gouttelettes empoisonnées se transforment en flocons verts qui tombent au sol. Le souffle poursuit sa route jusqu'à Zéra, qui se retrouve à son tour prisonnière d'un bloc de glace.

— Zéra! s'écrie Pétra.

Yoann sent la nervosité le gagner. *Les rayons de soleil d'Hélia pourraient probablement venir à bout de Givre, mais elle est occupée à libérer la magicienne. Il ne reste plus que Lombric.*

— Lombric, crois-tu pouvoir t'emparer du cristal de Givre? demande-t-il.

Lombric ferme les yeux et sa carapace se met à briller d'un vert étincelant. La mystérieuse lumière bleue du cristal faiblit peu à peu. Le dragon de la Glace regarde Mina.

— Lombric utilise ses pouvoirs pour couper le lien entre Givre et le géant! l'avertit Yoann.

Mina regarde sa pierre du dragon. Elle brille légèrement.

— C'est Givre! Nous pouvons recommencer à communiquer! se réjouit-elle.

Au moment où elle se jette vers son dragon, un grand fracas se fait entendre dans le hall. *Bang! Bang! Bang!*

Les maîtres des dragons se tournent tous en direction du bruit, ainsi que Hélia qui cesse de projeter son rayon de soleil vers Hulda. Un géant, deux fois plus grand que chacun des dragons, avance d'un pas lourd dans le hall. Il a une grosse barbe, blanche et hirsute, et ses yeux bleus brillent comme des pierres précieuses. Ses bottes et ses vêtements sont garnis de fourrure. Il tient son sceptre, un long bâton surmonté d'un cristal d'un bleu étincelant comme la glace.

Mina saisit sa hache.

— C'est Goliath! s'écrie-t-elle. Givre, arrête-le!

MAGICIENNE
CONTRE GÉANT

La voix du géant retentit dans le hall.

— Qui a rompu mon lien avec Givre? hurle-t-il.

En remarquant l'aura de vive lumière verte qui entoure Lombric, il fronce les sourcils, puis il pointe le bout de son sceptre vers le cristal suspendu au cou de Givre.

Un éclair glacé jaillit de l'énorme cristal qui orne le sceptre et frappe la pierre au cou de Givre.

La pierre perd tout son éclat. Givre est de nouveau sous le contrôle de Goliath.

— Givre, occupe-toi de ce dragon brun! ordonne le géant en désignant Lombric. Je vais repousser les attaquants!

— Nous ne sommes pas en train de vous attaquer! crie Mina de toutes ses forces en direction du géant. Nous sommes ici pour sauver mon royaume! Un royaume que *vous* avez envahi!

Un éclair traverse le regard du géant.

— Bien avant l'arrivée des humains, ce sont les géants des Glaces qui régnaient sur ces terres. Je ne fais que reprendre ce qui m'appartient!

Givre émet un terrible rugissement. *Grrr!*

Se tournant vers Lombric, il lui envoie un souffle glacial.

Mais avant que le souffle ne l'atteigne, Lombric disparaît! Le souffle heurte le sol.

C'est brillant, Lombric! pense Yoann.

Lombric réapparaît soudain derrière Givre. Le dragon de la Glace se retourne vivement pour lui faire face. Des faisceaux d'énergie verte jaillissent des yeux de Lombric et se dirigent vers le cristal de Givre. Mais celui-ci réagit très vite et projette son souffle glacial vers Lombric.

Lombric s'esquive juste avant que le souffle ne le frappe.

Voilà qui enrage vraiment le géant. Goliath brandit son sceptre vers Yoann.

— Ton dragon ne peut rien pour toi, misérable humain! dit-il de sa voix tonitruante.

— Peut-être, mais *moi*, je peux le sauver! crie quelqu'un.

Yoann reste bouche bée en voyant Hulda s'approcher de Goliath. Hélia a finalement réussi à libérer la magicienne! Elle porte des habits bleus garnis de fourrure, et ses cheveux blancs sont noués en longues tresses remontées sur le dessus de sa tête.

Hulda lève les bras vers le ciel, et des éclairs dorés jaillissent du bout de ses doigts. Ils frappent le géant, qui lâche un cri de douleur.

Fou de rage, Goliath pointe son sceptre vers Hulda. Un éclair de magie jaillit du cristal et atteint presque la magicienne, mais elle réussit à l'esquiver.

Il y a tant d'action que Yoann ne sait plus où donner de la tête. Hélia tente maintenant de libérer Vulcain. Hulda et Goliath se battent à coup d'éclairs. Givre essaie toujours d'éliminer Lombric, mais ce dernier continue d'apparaître et de disparaître.

Le dragon de la Glace commence à piétiner
bruyamment le sol.

C'est alors que Goliath réussit à emprisonner Hulda dans un halo de lumière ensorcelé et à la soulever dans les airs! On dirait qu'il s'apprête à la projeter à l'autre bout du hall.

Les pouvoirs d'Hulda ne sont pas assez puissants, se dit Yoann. *Il faut l'aider. Mais comment?*

Mina se rue vers Givre. Elle enfourche son dragon de la Glace. Il se tortille pour la jeter par terre. Mais Mina tient bon.

— Mina, reviens! crie Yoann. Tu vas te blesser!

CRAAC!

Mina reste accrochée à son dragon et tente de se hisser jusqu'à son cou. Elle essaie d'atteindre le cristal. Givre s'envole dans les airs et replonge aussitôt.

Paf! Mina se retrouve par terre. Elle se relève tout de suite et remonte sur son dragon.

Yoann ne quitte pas Givre des yeux. Le dragon de la Glace essaie à nouveau de se débarrasser de Mina.

— Lombric, fais quelque chose pour l'aider! crie Yoann.

Lombric ferme une nouvelle fois les yeux et sa carapace se remet à briller d'un vert étincelant. Le cristal de Givre cesse petit à petit d'émettre sa lueur bleue.

Givre arrête de s'agiter dans tous les sens. Mina étire prestement le bras et arrache la chaînette qui pend à son cou.

Elle saute ensuite par terre, jette le cristal sur le sol et lève sa hache dans les airs.

Craac! Le cristal éclate en morceaux. Le bruit attire l'attention de Goliath. Déconcentré, il oublie de garder son emprise sur Hulda, qui retombe au sol.

Mina remonte sur Givre et lui caresse le cou.

— Je suis contente de te retrouver, dit-elle.

Givre se frotte la tête contre elle.

— Laissez mon dragon tranquille! hurle Goliath en se précipitant vers eux. Seul un géant des Glaces comme moi peut être le maître d'un tel dragon de la Glace.

Mina le regarde en plissant les yeux.

— Jamais de la vie! crie-t-elle. Givre, à l'attaque!

LA FORCE
DU GÉANT

Avant même que Givre ne puisse faire quoi que ce soit, Goliath frappe son énorme poing de glace contre le sol. Toute la forteresse tremble. Yoann en perd l'équilibre.

— Goliath, pars d'ici, ordonne Hulda d'un ton autoritaire. Tu ne peux rien contre nous.

Le géant des Glaces éclate de rire.

— Ha! Ha! Tu n'as pas réussi à me vaincre par le passé... Tu n'y arriveras pas plus aujourd'hui, dit-il.

Il pointe son sceptre vers Hulda.

— Vas-y, Givre! crie Mina.

Givre projette son souffle glacial sur le sceptre que Goliath laisse échapper. D'un claquement de doigts, Hulda lance un sortilège au géant, qui titube en reculant.

Lombric ferme à nouveau les yeux tandis que sa carapace brille de plus en plus. Le sceptre de glace s'élève dans les airs et vient se briser en mille morceaux contre le mur.

Goliath éclate de rire de nouveau.

— Ah! Ah! Même sans mon sceptre, je reste le plus fort!

Il frappe des poings contre le sol, et une couche de glace commence instantanément à se répandre.

Lombric et Givre reculent en tentant de ne pas glisser. Yoann et les autres marchent à tâtons, essayant de ne pas tomber.

Un bruit terrible remplit alors le hall.

Boum!

Vulcain est libéré! Hélia a finalement réussi à faire fondre la glace qui l'emprisonnait.

Le dragon du Feu est en colère. Il se met à cracher du feu dans tous les sens. Des flammes orangées lèchent les murs et remontent jusqu'au plafond.

— Rori, calme ton dragon! s'écrie Yoann.

La jeune fille court vers Vulcain. Elle manque de se faire brûler par un de ses jets de flamme, continue de courir et grimpe sur son dos.

— Vulcain, concentre-toi, ordonne-t-elle. Il faut faire fondre ce géant des Glaces!

Goliath se retourne en grognant. Frappant dans ses mains, il fait apparaître une grosse boule de glace.

Il lance cette boule vers Vulcain.

Assommé, le dragon vacille sur ses pattes arrière, mais il n'est pas figé dans la glace.

Seul un dragon du Feu peut venir à bout de Goliath, se rappelle Yoann. *C'est bien ce que Mina a dit. Mais Vulcain est-il assez fort pour y parvenir sans aide?*

Yoann ferme les yeux. Pour éviter que Goliath ne l'entende, il tente de communiquer avec Lombric par la pensée, et non par la parole. Alors qu'il formule sa demande dans sa tête, sa pierre du dragon brille de plus en plus fort.

Lombric, peux-tu utiliser tes pouvoirs pour immobiliser Goliath?

Lombric acquiesce. Sa carapace se remet à briller.

D'un battement d'ailes, Vulcain se rapproche du géant. Celui-ci frappe encore une fois dans ses mains afin d'attaquer encore une fois le dragon.

Soudain, un faisceau de lumière verte frappe le géant. C'est Lombric. Goliath est figé. Il ne peut plus bouger.

— Bravo, Lombric! s'exclame Yoann.

— Vulcain, c'est à ton tour! crie Rori.

Vulcain crache une énorme boule de feu.

La boule de feu frappe le géant des Glaces, qui se met à rapetisser, encore et encore… Une flaque d'eau se forme sous ses pieds.

— Il fond à vue d'œil! s'écrie Mina.

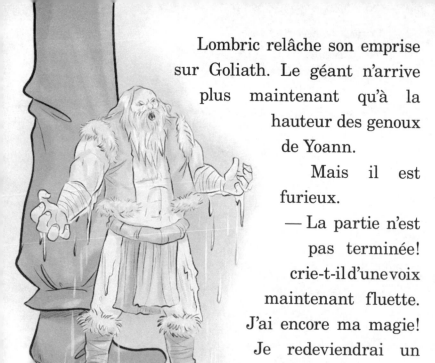

Lombric relâche son emprise sur Goliath. Le géant n'arrive plus maintenant qu'à la hauteur des genoux de Yoann.

Mais il est furieux.

— La partie n'est pas terminée! crie-t-il d'une voix maintenant fluette. J'ai encore ma magie! Je redeviendrai un géant! Un géant encore plus grand qu'avant!

— Merci, Vulcain, dit Mina. Maintenant, Givre, débarrasse-nous de ce casse-pieds.

Givre inspire profondément, puis envoie dans les airs un tourbillon d'air glacé qui vient aspirer le géant.

— Noooon! s'écrie Goliath.

Le tourbillon disparaît, emportant le géant
des Glaces avec lui.

FEU ET GLACE

Hulda se tient au milieu du vaste hall. Elle lève les bras dans les airs et fait jaillir des éclairs de magie du bout de ses doigts. La glace qui emprisonnait Shu et Zéra se met à fondre. Celle dans laquelle étaient figées les personnes présentes dans le hall fond, elle aussi, ainsi que celle qui recouvre les murs et les planchers.

Cette glace ne fond pas en laissant d'immenses flaques d'eau. Elle disparaît, tout simplement.

Libérés de leur prison de glace, les gens se regardent, hébétés.

Ils semblent sortir d'un long sommeil, se dit Yoann.

Le roi et la reine demandent à Hulda de s'approcher.

— Hulda, ma magicienne, que s'est-il passé? demande le roi. Ce géant des Glaces... est-il parti? Et d'où sortent donc tous ces dragons?

— Je vais laisser Mina vous expliquer, répond Hulda en esquissant un sourire. C'est elle qui nous a sauvés.

Mina s'incline devant les souverains.

— Mon roi Lars, ma reine Sigrid, je n'y suis pas parvenue seule, dit-elle. Vous voyez ici les maîtres des dragons du royaume des Fougères. Je m'y suis rendue afin de solliciter leur aide. Ensemble, nous avons réussi à vaincre Goliath.

Le roi Lars lève un sourcil. Yoann trouve qu'il ressemble au roi Roland, sauf que ce roi-ci a une barbe blanche, et non rousse, et qu'il porte un habit brun et garni de fourrure.

— Comme le roi Roland est généreux de nous avoir envoyé ses meilleurs maîtres des dragons! s'exclame-t-il.

Yoann échange un regard complice avec ses amis. Le roi Roland ne sait même pas qu'ils sont partis!

— Le roi Roland est heureux de vous avoir aidé, Votre Majesté, répond Rori en s'inclinant devant le roi Lars.

Yoann sait que ce n'est pas la vérité. *C'est ce que l'on appelle un «pieux mensonge»*, se dit-il.

— Je n'oublierai jamais une telle générosité, dit le roi Lars.

— Je vous en prie, restez, ajoute la reine Sigrid. Nous ferons un grand banquet pour célébrer cette victoire.

En entendant le mot «banquet», Bo sent son estomac grogner. Mais les maîtres des dragons savent qu'ils ne peuvent pas rester.

— Cela serait très agréable, Votre Majesté, mais nous devons rentrer immédiatement au royaume des Fougères, répond Yoann.

— Soit! répond le roi Lars.

Les maîtres des dragons montent sur leurs dragons.

— Tu avais raison, dit Rori en s'adressant à Mina. Ce géant des Glaces était un dur à cuire!

— Et ton Vulcain est vraiment fort, réplique Mina en souriant. Presque autant que Givre.

— Je suis content de t'avoir connue, dit Yoann en s'adressant à Mina.

Mina lui serre la main très fort.

— Je ne t'oublierai jamais, répond-elle.

Elle lève ensuite les yeux vers les autres maîtres des dragons, juchés sur leur monture.

— Je me souviendrai toute ma vie de chacun de vous, ajoute Mina. Et si un jour vous avez besoin de mon aide, vous pourrez compter sur moi.

— Merci, répond Yoann en faisant un signe de la tête.

Puis, se retournant vers ses amis, il les invite à poser la main sur Lombric. Ils s'exécutent.

— Lombric, ramène-nous à la maison! dit-il en posant la main sur le cou de son dragon.

UN ROI
EN COLÈRE

En quelques secondes, ils se retrouvent dans la salle d'exercice. Jérôme sort de son atelier pour les accueillir.

— Vous revoilà! Tout le monde est sain et sauf? demande-t-il.

— Oui, tout va bien, répond Yoann.

— Shu, Zéra et Vulcain ont été emprisonnés dans un bloc de glace, mais ils s'en sont sortis, mentionne Bo.

— Et nous avons vaincu le géant des Glaces, s'exclame Rori. Vulcain en a fait un petit bonhomme de rien du tout!

— Puis le dragon de Mina l'a expédié dans un tourbillon d'air glacial! ajoute Anna.

— C'était incroyable, renchérit Pétra.

— Formidable! dit Jérôme en frappant dans ses mains. Vous avez sûrement besoin de vous réchauffer, après toutes ces aventures. Allons dans la vallée des Nuages.

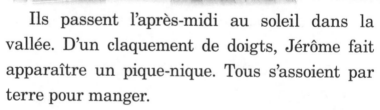

Ils passent l'après-midi au soleil dans la vallée. D'un claquement de doigts, Jérôme fait apparaître un pique-nique. Tous s'assoient par terre pour manger.

— Elle est vraiment bonne, s'exclame Bo en

croquant dans une pomme.

Rori attrape une cuisse de poulet.

—*Tout* est si délicieux! Sur l'île, Kiko ne mange que du poisson et une espèce de fruit rose vraiment bizarre, dit-elle en réprimant un frémissement de dégoût.

—Tu n'es pas obligée d'y retourner, fait remarquer Yoann.

—Absolument pas! renchérit Anna. Je t'en prie, dis-nous que tu restes!

Rori demeure silencieuse un instant. Alors qu'elle s'apprête à répondre, le roi Roland déboule dans la vallée. Deux gardes le suivent.

— Oh non! souffle Rori.

Yoann est soudainement inquiet. À l'heure qu'il est, le roi a sans doute appris que Néru, le

dragon du Tonnerre, a disparu. S'il apprend en plus que Rori a aidé Kiko et Néru à s'enfuir, il sera furieux.

— Magicien Jérôme! dit le roi de sa voix caverneuse.

Jérôme se lève.

— Je vois que vous avez exécuté mon ordre et expulsé notre prisonnière Kiko du royaume, poursuit le roi. Mais où est le dragon du Tonnerre?

Rori baisse les yeux.

— Votre Majesté, je suis désolé de vous dire que Kiko n'a pas été expulsée du royaume : elle s'est enfuie, emmenant le dragon du Tonnerre avec elle, dit Jérôme en s'inclinant. C'est ma faute. J'aurais dû utiliser davantage de pouvoirs magiques pour la garder prisonnière.

Le roi Roland ne réagit pas sur le coup. Puis son visage s'empourpre jusqu'à devenir plus rouge que sa barbe. Plus rouge, même, que la carapace de Vulcain!

— C'est la goutte d'eau qui fait déborder le vase, crie-t-il. Je vais de ce pas me trouver un autre magicien!

TOUCHÉ!

Rori se lève. Yoann sait ce qu'elle s'apprête à faire. Elle va dire la vérité au roi et prendre la responsabilité de ce qui s'est passé pour protéger Jérôme.

Mais elle n'en a pas le temps.

Au même instant, un objet tombé du ciel atterrit aux pieds du roi Roland.

— Qu'est-ce que c'est? demande le roi.

Un des gardes ramasse un parchemin roulé. Un cachet de cire le maintient fermé.

Le garde remet le parchemin au roi qui l'examine.

— Le cachet du roi Lars? s'étonne-t-il.

Il déroule le parchemin et le lit à haute voix.

Cher roi Roland,

Je tiens à vous remercier d'avoir envoyé vos maîtres des dragons et leurs dragons à la rescousse de mon royaume. Votre magicien les a vraiment bien formés. Ma magicienne, Hulda, m'affirme d'ailleurs que ce Jérôme est le meilleur magicien du monde. Sachez que mon royaume sera toujours prêt à vous aider si vous en avez besoin.

— Le roi Lars

Pendant un instant, le roi Roland reste silencieux. Yoann et les maîtres des dragons retiennent leur souffle. *Le roi Roland sera-t-il fâché d'apprendre que nous sommes allés dans les Terres du Grand Nord sans lui en demander la permission?* se demande Yoann avec inquiétude.

— Je ne suis pas trop certain de comprendre ce que vous avez fait, Jérôme, commente le roi en détachant chaque mot. Mais le roi Lars est à la tête d'un royaume vaste et puissant et j'ai grand intérêt à le compter parmi mes amis. Vous pouvez donc rester, du moins pour l'instant.

Le roi repart vers le château, laissant derrière lui un Jérôme soulagé.

— Hourra! crie Anna.

— Comment ce message est-il arrivé jusqu'à nous? demande Bo.

Yoann scrute le ciel. Surgissant de derrière un nuage avec Givre, Mina leur fait un signe de la main. Yoann et ses amis font de même.

— Quelle journée! s'exclame Anna en regardant Rori. Il ne manque plus que tu nous dises que tu décides de rester.

— S'il te plaît? supplie Yoann.

— Oui, s'il te plaît! reprend Bo.

— S'il te plaît, renchérissent en même temps Pétra et Jérôme.

— Bon, d'accord. Mais c'est parce que vous avez bien dit «S'il te plaît», répond Rori. À vrai dire, je n'aime pas vraiment cette île. Il y fait trop chaud. Et j'en ai assez de manger du poisson!

Anna se jette dans les bras de son amie.

— Oh, Rori, je suis tellement contente!

— Je dois quand même avertir Kiko, ajoute Rori, pensive. Ce ne serait pas gentil de simplement ne pas revenir.

— Tu peux lui écrire une lettre, propose Jérôme. Je me servirai de mes pouvoirs magiques pour la lui faire parvenir.

— D'accord, dit Rori. Merci.

— Notre équipe n'est pas la même sans toi, Rori, dit Yoann. Il a fallu la participation de tout le monde pour sauver le royaume de Mina. Et qui sait quelles aventures nous attendent encore?

— Nous allons peut-être rencontrer d'autres maîtres des dragons, dit Bo.

— Et de nouveaux dragons, ajoute Anna.

— Je me passerais bien de nouveaux géants, en tout cas, ajoute Pétra en frissonnant.

— J'ai une activité à proposer en attendant notre prochaine aventure, dit Rori.

— Quoi donc? demande Yoann.

— Touché! dit-elle en donnant une petite tape sur le bras de Yoann. Attrape-moi!

Et elle se met à courir. Yoann se lève d'un bond et se lance à sa poursuite.

Les maîtres des dragons devront peut-être se battre à nouveau contre un être maléfique. Ou sauver un autre royaume.

Mais pas pour l'instant...

TRACEY WEST a récemment eu la chance de visiter le Grand Nord. Elle n'y a pas rencontré de dragon de la Glace, mais peut fort bien les imaginer vivre dans ces contrées.

Tracey a écrit des douzaines de livres pour enfants. Elle écrit de chez elle, entourée de la famille recomposée qu'elle forme avec son mari et ses trois enfants (lorsqu'ils rentrent pour quelques jours de l'université) et de ses animaux de compagnie. Elle possède trois chiens, cinq poulets et un chat qui s'installe confortablement à une extrémité de sa table de travail pendant qu'elle écrit! Heureusement qu'il n'est pas aussi lourd qu'un dragon!

NINA DE POLONIA vit avec son mari et ses deux enfants aux Philippines, un archipel des tropiques. Peu de gens le savent, mais les Philippines ont leur dragon, appelé Bakunawa. C'est un énorme serpent de mer qui croque parfois dans la lune et provoque ainsi des éclipses!

Nina adore dessiner depuis qu'elle est capable de tenir un crayon. En plus d'illustrer des livres pour enfants, elle fait du crochet, de la calligraphie et pousser des fines herbes! Ajoutons à cela qu'elle est maman à temps plein et parfois, lorsque vient le temps de s'amuser, elle est même un dragon!

MAÎTRES DES DRAGONS
LE SOUFFLE DU DRAGON DE LA GLACE

Questions et activités

Lombric a recours à un nouveau pouvoir pour combattre Néru. Quel est ce pouvoir? En quoi aide-t-il les maîtres des dragons à ramener Rori avec eux?

Comment Mina s'est-elle rendue au royaume des Fougères? Qu'est-ce que Yoann pense d'elle quand il réalise tout ce qu'elle a fait? Relis la page 27.

Lorsque Mina dit qu'elle comprend pourquoi Rori ne s'entend pas avec le magicien Jérôme (page 34), que veut-elle dire? Selon toi, comment se sent Rori après avoir entendu ces paroles?

Un parchemin tombe du ciel à l'instant où le roi Roland vient d'annoncer qu'il va remplacer son magicien. Qui lui envoie ce parchemin? Et comment ce message aide-t-il Jérôme?

Relis les pages 5 et 6 ainsi que la page 53. Pourquoi Goliath le géant est-il en colère? Que lui est-il arrivé par le passé? Écris son histoire en l'illustrant.